Jean-Philippe Arrou-Vignod

Le collège fantôme

Illustrations de Jean-François Martin

GALLIMARD JEUNESSE

2 septembre

Première nuit au collège Fogelman.

Je suis seul dans le dortoir désert. Un vent glacé siffle entre les volets disjoints. Incapable de dormir, j'ai sorti ma lampe torche, ce cahier et le stylo plume de ma communion. Sans personne à qui parler, j'ai décidé de tenir ce journal. Mais que noter ? Je me sens si seul que les mots viennent difficilement.

À côté de moi, ouverte sur le lit, la valise que je n'ai pas défaite. Dès l'instant où j'ai mis les pieds au collège, ma décision était prise : je ne ferai pas de vieux os ici. Je ne sais quand, je ne sais comment, mais je m'échapperai.

Plus je repense à la journée que je viens de passer, plus j'ai l'impression d'avoir vécu un cauchemar…

L'interminable voyage en train, d'abord, vers la frontière. Puis la lumière brutale du plafonnier dans le compartiment où je somnolais.

– Gluck, a dit le contrôleur à qui mes parents m'avaient confié. C'est là que tu descends, petit.

Au nom de Gluck, j'ai cru voir les autres voyageurs me regarder d'un œil étrange, comme s'il était impensable de s'arrêter ici.

La nuit était presque tombée.

Une ampoule éclairait faiblement le quai de la petite gare. On aurait dit une gare jouet, un minuscule bâtiment de bois perdu au milieu des sapins, sans employés ni voyageurs. Drôle d'endroit pour un collège, j'ai pensé.

J'ai descendu ma valise du train, les portes ont claqué. Je ne suis pas trouillard, mais à cet instant j'aurais tout fait pour remonter dans le train et partir n'importe où.

Un homme portant un manteau et une toque en peau de mouton s'est détaché de l'ombre.

– Sébastien Britt ? il a demandé.

Sans attendre de réponse, il s'est emparé de ma valise et nous sommes sortis dans la nuit.

Quelques maisons basses, une épicerie, d'autres maisons, volets fermés… Les rues étaient vides, comme abandonnées. Nous avons laissé Gluck derrière nous, grimpant par un étroit sentier où les chaussures ferrées du vieil homme lançaient des étincelles. Quand il s'est arrêté devant une cabine de téléphérique, j'ai vraiment commencé à avoir peur. Où m'emmenait-il ?

Il m'a poussé à l'intérieur, a refermé le portillon. La cabine a paru plonger sous son propre poids puis, dans un affreux grincement, nous a soulevés de terre.

Cramponné à la balustrade, j'ai vu disparaître les lumières du village. La cabine se balançait, glissant pesamment le long du filin d'acier et, à chaque pylône, j'avais l'impression qu'elle allait se décrocher, nous précipitant dans le vide.

La brume était si dense qu'on ne voyait pas à deux mètres. Soudain, une trouée s'est faite et j'ai poussé un cri. Nous foncions droit sur la paroi d'un éperon rocheux, surmonté d'une muraille si haute qu'elle semblait le prolongement même de la falaise !

À la dernière seconde, une ouverture a surgi, la cabine s'y est engouffrée avant de s'immobiliser en gémissant le long d'une étroite plate-forme.

Toujours sans un mot, l'homme a déverrouillé le portillon de fer et je suis descendu, les jambes molles, le cœur au bord des lèvres.

— Sébastien Britt, je suppose ? a lancé une voix, tandis qu'une puissante lampe électrique m'éblouissait. Bienvenue au collège Fogelman. Je suis M. Fogelman. J'espère que vous avez fait bon voyage.

La main devant les yeux, je distinguai une silhouette toute de noir vêtue, un visage long et blême.

— Un dîner rapide vous attend aux cuisines,

puis Larson vous montrera vos quartiers, a poursuivi M. Fogelman. Bonsoir, monsieur Britt.

Voilà… Larson a bloqué la cabine à l'aide d'une lourde chaîne, fait claquer le cadenas. Un bruit de geôle qu'on referme qui m'a fait froid dans le dos.

La chaîne, le téléphérique, ce promontoire coupé du monde : plus de doute cette fois. Je suis bel et bien prisonnier au collège Fogelman.

3 septembre

Mauvaise nuit.

Le froid, le hululement du vent dans le dortoir, la solitude, il faudra que je m'habitue à tout ça. Du moins jusqu'à l'arrivée des autres.

Depuis hier soir, je n'ai parlé à personne. J'ai passé la journée <u>livré</u> à moi-même, sans rencontrer âme qui vive, à part le vieux Larson qui me sert mes repas.

D'habitude, la solitude ne me fait pas peur. Je n'ai pas de frère, pas de sœur, plus de copains. Mais quand la nuit est tombée, que j'ai retrouvé le dortoir et tous ces lits vides, j'aurais donné n'importe quoi pour entendre quelqu'un.

Combien de temps cela va-t-il durer ?

4 septembre

Toujours rien. On dirait que tout le monde m'a oublié. J'ai espéré une lettre de mes parents, mais non.

Eux aussi m'ont oublié. Ou peut-être ne veulent-ils pas m'écrire.

Jamais je n'aurais pensé qu'il existe des collèges comme celui-là. « Une vieille bâtisse perdue dans la forêt », avait dit mon père pour me faire peur… En fait, le collège Fogelman ressemble à ces châteaux en ruine qu'on voit dans les livres d'histoire : une forteresse médiévale bâtie sur un piton rocheux, sans autre lien avec la terre que le vieux téléphérique par lequel Larson rapporte les provisions.

Dans une tour, une ancienne salle de garde transformée en dortoir. Vingt-cinq lits alignés sur deux rangs, des armoires militaires sans serrure ni cadenas... Je ne sais même pas où je pourrai cacher ce journal quand les autres pensionnaires seront là.

5 septembre

Rien à noter aujourd'hui. Nouvelle journée sans voir personne. J'ai l'impression d'être un forçat qui coche les jours sur les parois de sa cellule pour ne pas perdre le sens du temps.

Ah, si ! J'ai trouvé une pierre descellée dans le mur à la tête de mon lit.

Ça fait une cachette idéale où enfermer mon journal.

La nuit dernière, un bruit sourd m'a réveillé. On aurait dit des coups frappés dans les profondeurs de la terre. J'ai guetté un moment, mais sans plus rien entendre.

6 septembre

M. Fogelman, se rappelant mon existence, m'a convoqué dans son bureau ce matin.

Il trône dans une pièce au plafond enfumé, avec une cheminée immense et des collections d'animaux empaillés.

— Asseyez-vous, il a dit en consultant les feuillets étalés devant lui. J'ai là votre dossier scolaire. Pas très brillant tout ça… Sébastien Britt, douze ans… Renvoyé de deux collèges, résultats médiocres…

— Je suis très fort en français, j'ai dit.

Il a ôté ses lunettes pour me considérer de ses yeux froids :

— Vos parents, monsieur Britt, vous ont confié à cet établissement. Vous y suivrez, jusqu'à la rentrée des autres pensionnaires, un rattrapage intensif. Après quoi, le professeur Timéus et moi-même déciderons si vous pouvez être admis en cinquième. Sachez, monsieur Britt, que cet établissement se flatte d'accueillir des cas difficiles et de les remettre dans le droit chemin de l'étude et de la discipline… J'ose espérer que vous saurez vous en montrer digne.

Je suis sorti de son bureau plus déprimé encore. Les choses sérieuses commencent, mais je n'ai vraiment pas la tête au travail.

9 septembre

Je n'ai pas ouvert ce journal depuis trois jours. Trop de cafard.

Toute la journée, je travaille à la bibliothèque sous la surveillance du professeur Timéus. C'est un vieux bonhomme à barbichette, qui porte des lorgnons à monture de métal et une oreillette acoustique.

Par chance, il passe son temps juché sur les échelles de la bibliothèque, fouillant dans les bouquins qui la tapissent jusqu'au plafond. Il enseigne le latin, paraît-il, et me fiche une paix royale.

De temps à autre, il sursaute, papillote des yeux en découvrant ma présence.

– Ah ! Britt, très bien, au travail, mon garçon, au travail !

Pas une fois il n'a jeté un coup d'œil sur mes cahiers. Mais, le soir, je dois les présenter à M. Fogelman. Il les regarde d'un air pincé, souligne les erreurs sans un mot et arrache les pages mal écrites. Si seulement je pouvais arracher de même ses gros sourcils en broussaille !

Heureusement, je le vois peu. Il dîne dans ses appartements, au-dessus du réfectoire. J'ai bien pensé faire pipi dans les plats que lui monte Larson, mais à quoi bon ? Ça ne ferait qu'aggraver un peu plus ma situation.

Si j'entre en cinquième et que j'y travaille bien, mes parents ont promis de me reprendre avec eux. Je me raccroche à cette idée, la nuit, tout seul dans le dortoir.

10 septembre

Les coups mystérieux m'ont de nouveau réveillé cette nuit. Impossible de les localiser avec précision. On dirait qu'ils montent des profondeurs du sol, tantôt rapides, tantôt espacés, faisant vibrer les murs et trembler l'armature des lits.

Ils m'ont filé une telle trouille que je n'ai pas pu me rendormir.

11 septembre

Grande nouvelle : je ne suis pas seul au collège !

Ce matin, à la récréation de dix heures, je me promenais sur l'esplanade quand je l'ai vu : un grand cerf-volant triangulaire, rouge cerise, qui flottait au-dessus de la tour est.

C'est une ancienne tour désaffectée, dont les étages tombent en ruine. Impossible d'y pénétrer. Celui qui maniait le cerf-volant devait donc se trouver derrière, sur le chemin de ronde des remparts. Invisible, mais bien là.

Je m'élançais pour en avoir le cœur net quand je suis tombé nez à nez avec M. Fogelman.

– Eh bien, jeune Britt ! Ne devriez-vous pas être à l'étude à cette heure-ci ? il m'a lancé en m'attrapant fermement par le col.

J'ai regagné la bibliothèque sous bonne escorte, la rage au ventre. Toute la journée, j'ai guetté une nouvelle apparition, mais en vain.

Qui donc peut jouer au cerf-volant dans ce vieux collège désert ?

Cela prendra le temps qu'il faudra, mais j'en aurai le cœur net, foi de Sébastien Britt.

12 septembre

J'ai passé la matinée à rassembler des indices.

Dans l'ordre : un papier de bonbon La pie qui chante ; vingt centimètres de fil nylon, découverts sur les remparts ; un fragment de papier verni rouge cerise portant des traces de colle sèche.

Par qui ont-ils été perdus ? J'ai l'impression depuis hier d'être observé. L'impression, aussi, que ces indices ont été abandonnés volontairement, pour que je les trouve…

Je me suis dépêché de ranger mes trouvailles derrière la pierre descellée du mur, avec mon journal. Je soupçonne M. Fogelman de fouiller le dortoir en mon absence, et je n'ai aucune envie qu'il tombe dessus.

13 septembre

Ça y est ! Je sais qui habite en secret le collège !

J'étais en train de travailler à la bibliothèque cet après-midi quand, levant la tête, j'ai retenu un cri. Un cerf-volant turquoise flottait dans le cadre de la fenêtre.

Il est resté là quelques secondes, sa toile frémissant au vent. On aurait dit un visage qui, s'appuyant au carreau, cherchait à me faire signe, m'appelait pour que je le suive.

Le professeur ronflait, la tête posée sur un grimoire au papier jauni. Je ne sais pourquoi, mon esprit a noté ces mots : « ... castel de Saint-Elme... », ainsi qu'une étrange croix druidique... Par prudence, j'ai débranché l'oreillette acoustique du professeur avant de me ruer dehors.

L'esplanade était vide. En quelques enjambées, j'ai grimpé jusqu'au chemin de ronde. La muraille tombe à pic sur plus de trois cents mètres, et j'ai dû me forcer à regarder de l'autre côté pour ne pas céder au vertige.

Elle se tenait là, les cheveux agités par le vent, tirant de toutes ses forces sur le fil du cerf-volant.

Quand elle m'a vu, elle a lâché sa prise. La bobine s'est dévidée avec un sifflement aigu et le fil a cassé net, libérant le cerf-volant. Nous l'avons suivi des yeux un moment, petite tache turquoise filant au-dessus des forêts.

Quand il a été hors de vue :

– Perdu, elle a dit en rembobinant tranquillement ce qui lui restait de fil.

C'était une fille de mon âge, au visage pâle et fin, aux cheveux bruns, vêtue d'un ciré de marin et de chaussures de toile.

– Désolé, j'ai dit. C'est de ma faute.

Elle a haussé les épaules.

– J'en referai un autre. Celui-là tirait trop sur la droite. La difficulté, c'est de les équilibrer.

– C'est toi qui les fabriques ?

– Oui, pourquoi ?

– J'ai trouvé un morceau de l'autre, le rouge…

Elle m'a considéré avec un drôle de sourire.

– Je sais. Tu es Sébastien Britt, le nouveau pensionnaire.

Comme j'ouvrais de grands yeux, elle a ajouté :

– Moi, c'est Camille. Je suis la fille de M. Fogelman. Il ne faut pas qu'on nous voie ici… Rendez-vous ce soir, au même endroit, d'accord ? J'ai quelque chose à te montrer.

Puis, sans me laisser le temps de dire ouf, elle a dévalé les escaliers et disparu derrière la tour désaffectée.

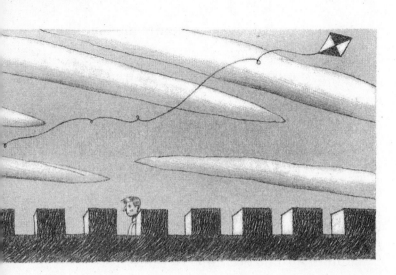

Inutile de dire avec quelle impatience j'ai attendu la nuit…

Après le passage de Larson – il fait une ronde toutes les deux heures, son gros trousseau de clefs cliquetant dans l'obscurité –, j'ai sauté à bas de mon lit et me suis coulé hors du dortoir.

La nuit était très noire, épaisse. Sur les remparts, personne. Il faisait un froid de chien et la perspective du vide au-dessous de moi m'a fait frissonner.

J'ai allumé ma torche, en masquant le faisceau entre mes paumes pour ne pas risquer d'être repéré.

– Éteins-la, a fait une voix contre mon oreille. Tu vas tout faire rater.

J'ai obéi tandis que Camille s'accroupissait à mes côtés.

– J'ai dû attendre que mon père s'endorme pour sortir, elle a expliqué. La nuit est très noire. Si nous avons de la chance, il ne devrait plus tarder…

– Mais de qui parles-tu ?

Elle m'a serré brusquement le poignet.

– Chut ! a-t-elle ordonné. Regarde.

Une lueur tremblotait sur les créneaux de la muraille. De là où nous étions, j'ai cru d'abord qu'il s'agissait de la lanterne du vieux Larson. Mais non, la lueur bougeait. Je veux dire, elle bougeait toute seule, se déplaçait comme si elle avait été vivante !

– Qu'est-ce que c'est ? j'ai bredouillé, le sang soudain glacé.

– Le chat, a murmuré Camille. Le fantôme du chat.

Maintenant je le voyais. Une tête triangulaire, un corps maigre et souple, la queue dressée en balancier. Mais comment le décrire ? Il était transparent, totalement transparent… Je sais bien que ça paraît absurde, et pourtant c'est ainsi : un chat lumineux, un chat fantôme, la peau translucide comme celle d'un lampion, se promenait sur les créneaux du collège Fogelman, en équilibre au-dessus du vide !

— C'est impossible, j'ai crié. Les fantômes n'existent pas !

La main de Camille s'est écrasée sur ma bouche. Trop tard… Le chat fantôme s'est immobilisé, braquant vers nous ses yeux phosphorescents, puis, d'un bond, a disparu de notre vue.

— Tu lui as fait peur, a pesté Camille. C'est fini pour ce soir.

Je me suis frotté les yeux à m'en faire mal. Est-ce que j'avais rêvé ? Camille m'a fait jurer de ne rien dire à personne puis, sur la promesse de nous retrouver là le lendemain, nous nous sommes séparés.

14 septembre

Deuxième nuit d'observation avec Camille, mais le chat fantôme ne s'est pas manifesté.

J'en ai profité pour en apprendre un peu plus sur Camille. Elle a douze ans et elle vit seule ici avec son père. Durant l'année scolaire, elle ne va pas en classe. Le professeur Timéus lui sert de précepteur. Pas facile d'être la seule fille dans un collège de garçons… Son père lui interdit tout contact avec les autres pensionnaires. Mais elle ne semble pas en souffrir. Elle se promène en cachette la nuit dans le collège, fabrique des cerfs-volants à l'aide d'un manuel japonais qu'elle a découvert dans la bibliothèque.

— Tu n'en as jamais fait, toi ?

— Non, j'ai dit. Moi, j'écris des histoires.

J'ai voulu l'interroger sur le chat, mais elle a refusé de m'en dire davantage.

15 septembre

Aujourd'hui, Larson est descendu au village. Il en a rapporté une lettre de ma mère et un petit colis qu'elle m'envoie, contenant des pâtes de fruits, un roman de Jules Verne et la paire de moufles que j'ai oubliée.

Je suis monté dans une salle de classe.

J'avais envie d'être seul pour lire mon courrier. Ça m'a flanqué le cafard pour toute la journée. Malgré la gaieté forcée de sa lettre, j'ai bien senti que ma mère était triste de me savoir loin d'elle…

Journée sans histoire à la bibliothèque. Le professeur Timéus a déniché sur un rayonnage un livre qui l'a tellement réjoui qu'il a manqué tomber de l'échelle. Ça s'appelle *La Queste de Saint-Elme*. Les pages en sont à moitié mangées par l'humidité. On y voit des cartes en lambeaux, des plans compliqués qu'il étudie à la loupe. Mais que peut bien chercher ce vieux fou dans ces bouquins grignotés par les rats et les vers à papier ?

Pas de Camille cette nuit… En revanche, les bruits ont repris : vers deux heures du matin, une sorte d'explosion sourde d'abord, puis les coups répétés d'une masse cognant dans les profondeurs. Incapable de me rendormir, j'en ai profité pour écrire dans mon journal.

Mais j'entends cliqueter le trousseau de Larson…

Vite ! J'éteins avant qu'il ne me surprenne.

17 septembre

La nuit d'hier a été si extraordinaire que j'en ai oublié de tenir mon journal. Je vais essayer d'être clair, mais ce que j'ai vu est tellement incroyable qu'il n'y a pas de mots pour le décrire.

Il devait être minuit. Je me suis réveillé brusquement avec l'impression terrifiante que quelque chose grimpait sur ma couverture.

C'était le chat fantôme.

Il se tenait au pied de mon lit, les prunelles clignotantes, auréolé d'un poudroiement gazeux à chaque ronronnement et se léchant la patte. Puis il s'est étiré dans un frisson d'étincelles électriques avant de sauter souplement à terre et de quitter le dortoir.

Sans réfléchir, j'ai bondi du lit et je me suis rhabillé à la hâte. Le chat était couché derrière

la porte. Quand il m'a vu, il s'est levé, comme s'il m'attendait. Je l'ai suivi à bonne distance dans l'escalier en colimaçon, me fiant à la faible lueur qu'il laissait derrière lui comme un sillage.

Dehors, le froid m'a saisi. Il faisait une nuit d'encre. Soudain, quelque chose de tiède a touché ma main.

– N'aie pas peur, a fait la voix de Camille. Ce n'est que moi. Tu as oublié notre rendez-vous ?

J'ai balbutié, le cœur cognant à tout rompre :

– J'ai dû m'endormir…

– Suivons-le, a-t-elle ordonné en montrant le chat qui traversait l'esplanade. Je crois qu'il est temps que tu saches…

Elle m'a pris la main, m'entraînant vers la tour est. Le chat avait déjà disparu à l'intérieur.

– Entrons, nous aussi, a dit Camille.

– Mais comment ? La porte est verrouillée.

– Avec la clef, pardi ! C'est bien utile quelquefois d'être la fille du directeur.

Elle a sorti un trousseau, a farfouillé dans la serrure. Au troisième essai, la porte s'est ouverte en grinçant.

Derrière, il faisait nuit noire. D'un coup de

torche rapide, Camille a éclairé un escalier à vis, identique à celui de notre dortoir, dans lequel elle s'est engagée. Je lui ai emboîté le pas, transi dans mon mince pyjama, les narines assaillies par une odeur d'humidité et de salpêtre.

En haut de l'escalier, elle m'a plaqué contre le mur.

– Attends là. Il faut que je leur parle d'abord…

Elle a poussé une porte, m'abandonnant dans l'obscurité la plus complète. J'ai beau avoir du cran, c'était trop pour une seule nuit. Le collège vide, le chat fantôme, cette tour en ruine, le ton mystérieux de Camille – j'avais l'impression de claquer des dents jusqu'aux talons.

– Maintenant tu peux entrer, a dit Camille en revenant. Mais prépare-toi à une surprise…

Elle ne croyait pas si bien dire. Derrière la porte s'ouvrait un autre dortoir, semblable au mien mais en plus vétuste. Par le toit effondré, la lune éclairait des lits de bois envahis de poussière et de toiles d'araignées. Sur l'un d'eux était perché le chat fantôme.

Mais il n'était pas seul. Autour de lui se tenaient sept enfants transparents, immobiles et le visage

grave, qui me regardaient. Sept collégiens fantômes en pyjamas grossiers, flottant au-dessus du plancher telles les images tremblotantes d'un projecteur de diapos… J'aurais voulu crier, m'enfuir, mais mes jambes ne me portaient plus. Les yeux exorbités, je suis resté là, incapable d'un mouvement, tandis que Camille refermait doucement la porte derrière moi…

18 septembre

Je reprends mon récit, abandonné hier. Ce qui m'arrive est si difficile à expliquer !

Je n'ai jamais cru aux fantômes. Pourtant, j'avais beau me pincer, ils étaient sept en face de moi, m'observant avec curiosité de leurs yeux translucides.

— Voilà Sébastien, a dit enfin Camille.

Elle n'avait pas peur. Au contraire, elle semblait bien les connaître, s'inquiétant seulement de la manière dont j'allais réagir. Mais j'étais incapable de dire un mot, cloué, bouche ouverte, par la stupéfaction.

Le plus grand a fait un pas vers moi.

— Je m'appelle Brunswick. Camille dit qu'on peut te faire confiance.

Sa voix aussi était transparente, presque sans timbre.

– Je suis le responsable de ce dortoir, il a continué. Voici Kern, Dieudonné, Hart, Bordeaux,
Hochepaille et le petit Simon. Nous ne te voulons aucun mal.

À l'exception de Brunswick, ils étaient tous à
peu près de mon âge – pour autant qu'on puisse
donner un âge à des fantômes –, et l'on voyait, à
travers la peau translucide de leurs crânes rasés,
palpiter des veines bleutées.

Ça a été la nuit la plus étonnante de mon existence.

Blotti contre Camille, tremblant de froid et
d'excitation, j'écoutais Brunswick me raconter
leur histoire.

Je la retranscris comme je peux.

À la fin du XIXᵉ siècle, le collège Fogelman
abritait une sorte de bagne pour enfants, hypocritement appelé « orphelinat ». C'est là qu'on
rassemblait les garçons sans famille qui rôdaient
dans les campagnes, vivant de petits vols et dormant sur les routes. Ramassés par les gendarmes,
Brunswick et ses camarades y avaient été placés
de force, avec une cinquantaine d'autres enfants.

Mal nourris, vêtus du même uniforme de toile,

ils travaillaient dans les forêts alentour, mourant de froid l'hiver, victimes d'une tâche trop rude et des mauvais traitements.

– C'est horrible ! n'ai-je pu m'empêcher de m'écrier. Il n'y avait donc personne pour arrêter ça ?

Brunswick a haussé les épaules. Tous étaient sans parents. Qui se serait intéressé à de petits voleurs de pain ?

Un jour, un tremblement de terre avait ravagé la forteresse. Profitant de la panique, les orphelins avaient pris la clef des champs. Tous étaient parvenus à s'enfuir, sauf ceux du dortoir de Brunswick qui s'étaient retrouvés prisonniers des décombres. Le bagne fermé, la forêt avait peu à peu recouvert le sentier et l'histoire même du bagne de Gluck s'était enfoncée définitivement dans l'oubli.

– Nous sommes restés là tous les sept, a conclu Brunswick. Nous sept et le chat D'Artagnan.

Ce qui est un drôle de nom pour un chat, j'ai pensé.

Mais qui donc aurait pu empêcher sept fantômes centenaires d'appeler leur chat D'Artagnan ? La tête me tournait, je n'en étais plus à un étonnement près.

— Il faut nous quitter maintenant, a dit Brunswick. Le jour ne va plus tarder à se lever. Naturellement, pas un mot sur ce que tu as vu ici ! À personne, tu m'entends ?

— Je le jure !

— Tu es un ami de Camille, nous pouvons avoir confiance… Et puis, il a ajouté drôlement, nous avons une mission pour toi…

Une mission ? J'ai eu beau l'interroger, il a refusé d'en dire davantage.

C'était bien assez pour une seule nuit. J'ai regagné mon dortoir, sonné comme un boxeur, pour sombrer aussitôt dans un sommeil sans rêves.

19 septembre

Je n'ai pas revu Camille aujourd'hui, mais qu'importe.

Depuis que je connais l'existence du dortoir fantôme, ma vie au collège a changé. Je ne me sens plus seul, même si une poignée de revenants est une étrange compagnie quand on a douze ans.

Toute la journée, j'ai repensé à l'histoire qu'ils m'ont racontée. Elle ressemble un peu à la mienne. Eux aussi, en leur temps, ont été abandonnés par leurs parents. Le collège n'était encore qu'un bagne, un vrai bagne pour enfants, et l'on y entrait sans espoir d'en ressortir un jour.

Je n'en suis que plus déterminé à m'évader d'ici. Avec leur aide ou sans, qu'importe.

20 septembre

Nouvelle veillée dans le dortoir fantôme.

Nous avons beaucoup parlé, comme si tous les sept cherchaient à me sonder encore avant de décider s'ils pouvaient avoir confiance. Puis Brunswick a pris la parole en cherchant ses mots. Les autres l'entouraient, bouche ouverte, me regardant si fixement que j'ai cru un instant que j'étais devenu transparent moi aussi.

La mission que Brunswick a décidé de me confier est à la fois très simple et très risquée...

– Voler un livre ? j'ai répété. Mais pourquoi moi ?

Brunswick a paru gêné.

– Vois-tu, c'est qu'aucun de nous ne sait lire... Nous ne sommes jamais allés à l'école. Nous ne saurions pas trouver celui qu'il nous faut. Camille a bien essayé pour nous, mais en vain. C'est elle qui a pensé à toi. Tu travailles tous les jours à la bibliothèque, ce sera facile.

Devant mon air interloqué, Camille est intervenue.

– Je vais tout t'expliquer… Mon père est un ancien archéologue, un spécialiste de l'an mille. Au cours de ses travaux, il a découvert l'existence d'une confrérie secrète de moines-soldats qui vivaient ici aux environs du Xe siècle, bien avant que le château ne devienne un bagne pour enfants. Ce sont ces moines qui ont fait bâtir la forteresse où nous nous trouvons… D'après mon père, ils auraient accumulé ici un trésor colossal, et il s'est mis en tête de le retrouver. C'est la raison de notre installation ici… Le collège n'est qu'une façade pour couvrir ses véritables occupations : découvrir le trésor des chevaliers de Saint-Elme…

– Les chevaliers de Saint-Elme ? me suis-je écrié. Le professeur Timéus travaille justement sur un ouvrage qui porte ce nom !

Camille a tapé de joie dans ses mains.

– Alors nous brûlons ! Tu comprends, la bibliothèque des chevaliers compte plus de cinq mille volumes. Mais un seulement, selon la légende, contient le plan des souterrains qui mènent au trésor.

– Mais ce trésor, il existe vraiment ?

– Naturellement, a lancé Brunswick en haussant les épaules.

– Vous voulez dire que vous savez où il se trouve ? j'ai insisté, de plus en plus éberlué.

Un rire général a accueilli ma remarque.

– Cela fait près d'un siècle que nous hantons la forteresse. Crois-tu qu'elle a encore un secret pour nous ?

J'ai secoué la tête, incrédule :

– Mais pourquoi voler ce livre si vous connaissez déjà l'emplacement du trésor ?

– Pour que personne ne le trouve, pardi ! s'est exclamé Brunswick avant d'ajouter, plus gravement cette fois : C'est que nous sommes tous orphelins ici. Nous n'avons jamais rien possédé, à part ces habits déchirés… Le trésor est à nous, désormais. Nous ne laisserons personne nous l'enlever ! Personne ne doit trouver les plans.

Tous approuvèrent, la mine farouche.

– Le professeur Timéus est un crack en latin, m'a expliqué Camille. Il aide mon père dans ses recherches. C'est eux que tu as dû entendre, la nuit. Lors du tremblement de terre dont Brunswick t'a parlé, les galeries souterraines se sont en partie effondrées. Mon père creuse la nuit pour trouver un passage.

Je comprenais tout, maintenant : les coups mystérieux, l'enthousiasme de M. Timéus devant ce grimoire mangé aux mites, l'isolement dans lequel on me tient…

– D'accord, j'ai dit. Je veux bien essayer.

Un sourire fugace a éclairé le visage de Brunswick. S'il avait été un être de chair et d'os, il m'aurait serré sur sa poitrine.

– Bravo, il a dit solennellement. Avec Camille et toi, nous sommes neuf maintenant.

J'ai repensé aux cérémonies d'adoubement des chevaliers que j'ai lues dans mon livre d'histoire. Aucun d'entre eux n'a dû être aussi fier que je l'ai été cette nuit-là… D'une certaine façon, Brunswick venait de me sacrer fantôme.

Mais il fallait encore, pour que je sois vraiment des leurs, accomplir le plus difficile : dérober le grimoire des chevaliers de Saint-Elme au nez et à la barbe du vieux professeur.

21 septembre

Chou blanc… Le professeur Timéus surveille le grimoire comme la prunelle de ses yeux. Impossible de l'approcher sans éveiller ses soupçons…

M. Fogelman se doute-t-il de quelque chose ? Ce matin, il a surgi à l'improviste dans la bibliothèque sous prétexte de contrôler mon travail. Si je continue ainsi, il m'a dit, je serai admis en cinquième à la rentrée scolaire.

Cette nouvelle aurait dû me remplir de joie. Mais c'est bien le cadet de mes soucis désormais. La mission que m'ont confiée les collégiens fantômes passe avant tout.

Il faudra que je redouble de prudence si je veux réussir.

22 septembre

Catastrophe ! J'ai tout fait échouer par excès de précipitation !

En fin d'après-midi, le professeur Timéus a piqué un roupillon derrière sa muraille de livres. L'occasion était trop belle : j'ai attendu qu'il se mette à ronfler pour tirer de sous son coude le grimoire des chevaliers de Saint-Elme et le glisser dans mon sac à dos.

Il ne me fallait pas plus de cinq minutes pour le mettre en sûreté dans le dortoir. Mais comme je sortais de la bibliothèque, une main de fer m'a saisi par le col, me soulevant presque de terre, tandis qu'une voix explosait dans mon oreille :

– Eh bien, jeune Britt ! On fait l'école buissonnière ?

C'était M. Fogelman, les traits rouges de fureur.

– C'est ainsi que vous trahissez ma confiance ?
il a tonné. Fort bien ! Vous êtes consigné jusqu'à
nouvel ordre !

J'ai rué, griffé, mordu, mais rien à faire ! Il tenait
bon. Écumant de rage, il m'a conduit par la peau
du cou jusqu'à une petite pièce en sous-sol, voi-
sine de l'infirmerie. Un lit, des murs nus, un soupirail si haut qu'on ne peut y grimper…

– Le cachot, voilà ce qui convient à un voyou de votre sorte, a sifflé M. Fogelman. Vous aurez l'occasion d'y méditer sur les vertus de la discipline. Je suis déçu, monsieur Britt, très déçu !

La porte a claqué derrière lui avec fracas, une clef a tourné dans la serrure – une fois, deux fois, trois fois, avec le bruit d'un coffre-fort qu'on verrouille…

Je me suis jeté sur la paillasse, au bord des larmes. Tout est fichu… Me voilà coincé ici comme un rat dans son trou.

Pour combien de temps ? Seul M. Fogelman pourrait le dire. Le voilà débarrassé de moi pour de bon et, à en croire sa colère, je ne suis pas près de sortir d'ici !

23 septembre

Première journée de cachot.

Je l'ai passée couché sur mon lit, sans autre contact avec le monde extérieur que le vieux Larson qui m'apporte mes repas.

Par chance, personne ne semble s'être aperçu encore de la disparition du grimoire. Je l'ai tiré de mon sac à dos, avec le Jules Verne et ce journal, et je l'ai glissé par prudence entre matelas et sommier.

Les heures sont longues, même avec *Le Tour du monde en quatre-vingts jours*. Ça a beau être mon livre préféré, j'ai regretté de ne pas avoir pris *Le Comte de Monte-Cristo* : j'aurais pu y trouver le moyen de m'évader. Mais les murs sont solides, la porte épaisse de trente bons centimètres, et Arsène Lupin lui-même ne pourrait la crocheter…

24 septembre

Deuxième jour d'isolement.

Je n'ai pas pu m'empêcher de penser à ces prisonniers jetés aux oubliettes et dont on retrouve seulement, des années plus tard, le squelette grignoté par les rats…

Je me battrais d'être aussi nul ! Impossible de joindre Camille. Mais par l'ouverture du soupirail, j'ai entendu les bribes d'une inquiétante conversation entre le professeur Timéus et M. Fogelman.

— Il faut tout arrêter, disait le professeur. Les souterrains sont un vrai gruyère. Avec cet orage, nous risquons l'éboulement à tout instant…

– Pas question ! Au contraire, il faut poursuivre. Nous devons réussir cette nuit même…

Le reste s'est perdu dans le crépitement de la pluie.

Mais j'en ai assez entendu pour savoir que tout est raté. Et par ma faute. Dans quelques heures, le trésor des chevaliers de Saint-Elme tombera entre les mains de l'horrible M. Fogelman. S'il faut en croire les coups de masse que j'ai entendus cette nuit, il ne doit plus être très loin de la salle du trésor.

1er octobre

Une semaine s'est écoulée depuis la nuit du 24 septembre.

Une semaine seulement mais, en retrouvant mon journal aujourd'hui, il me semble que j'ai vieilli de dix ans !

Alors reprenons aux événements de cette nuit-là… Désespéré par mon échec, j'ai dû finir par m'endormir. Quand j'ai rouvert un œil, il était presque minuit. C'est la lumière qui m'a réveillé.

Ils se tenaient assis autour de moi, Brunswick, Kern, Bordeaux, Hochepaille, Hart, Dieudonné et le petit Simon, leur corps immatériel flottant au-dessus de mon lit comme des méduses dans l'eau noire…

J'ai fait un bond. On ne s'habitue jamais vraiment à découvrir à son chevet une compagnie de fantômes !

– Réveille-toi, a fait Brunswick. Il faut agir vite. Est-ce que tu l'as ?

– Quoi ? j'ai bredouillé. Est-ce que j'ai *quoi* ?

– Le livre, tiens donc !

Reprenant péniblement mes esprits, j'ai sorti le précieux grimoire de sa cachette. Les fantômes n'ont pas d'expressions comme vous et moi ; mais à la manière dont ils se sont mis à luire soudainement, j'ai compris qu'ils étaient bouleversés.

– Félicitations, a articulé Brunswick en reprenant son rôle de chef. Alors au travail, maintenant. Filons d'ici, et au galop !

– Mais comment ? j'ai protesté. Je ne passe pas à travers les murs, moi !

Au même instant, une clef a joué dans la serrure. La porte s'est ouverte. C'était Camille, son ciré jaune ruisselant de pluie.

– Pas une minute à perdre ! a-t-elle lancé. Mon père et le professeur sont déjà dans les souterrains. Il faut les prendre de vitesse !

– Il y a un autre chemin, a dit Brunswick. Suivez-nous.

Ça a été une étrange galopade : sept fantômes et un chat glissant silencieusement à travers le dédale des corridors… Je fermais la marche avec Camille, la tenant par la main et serrant sur ma poitrine le précieux grimoire.

À chaque porte, la même magie se reproduisait, me coupant chaque fois les jambes : tandis que Camille cherchait la bonne clef sur le trousseau, Brunswick et ses camarades traversaient l'épaisseur du bois aussi facilement que s'il s'était agi d'un rideau de fumée !

Comment se repéraient-ils dans le noir ? C'était un labyrinthe de couloirs, de portes, d'escaliers. Mais les sept fantômes hantaient les lieux depuis plus d'un siècle, et c'était plus qu'il n'en fallait pour en connaître les recoins.

Nous avions quitté la partie habitée du collège pour nous enfoncer dans des sous-sols suintant d'humidité. La torche de Camille balayait des murs moisis, couverts de mousse et d'algues, où se devinait parfois l'étrange croix druidique des chevaliers de Saint-Elme.

– Ils ont eu du mal à te trouver, elle m'a lancé en désignant nos guides. Un moment, j'ai cru que tu étais parti. Que tu nous avais plantés là.

– Avec le livre ? Pour qui tu me prends ? Tu penses vraiment que j'aurais pu vous abandonner ?

– Qui sait ?

Une explosion lointaine a retenti, nous forçant à accélérer l'allure. M. Fogelman, dans une autre galerie, progressait à coup de dynamite.

Camille, quand j'ai touché son bras, tremblait comme une feuille. Était-ce la peur ? L'excitation ? Un autre sentiment peut-être, plus douloureux… Car c'était contre son père que Camille luttait de vitesse, son propre père qu'elle trahissait pour venir en aide à une bande d'orphelins fantômes. Comment ne se serait-elle pas sentie coupable ?

Nous avons bientôt longé une sorte de rivière souterraine. Les eaux, grossies par les pluies de la journée, venaient battre l'étroite corniche dallée sur laquelle nous avancions en file indienne, courbés en deux sous la voûte basse. Partout, des éboulis qu'il fallait escalader, des pans de murs effondrés à travers lesquels l'eau s'infiltrait en bouillonnant…

Mais les obstacles ralentissaient à peine mes compagnons. Au contraire, ils couraient parmi les éboulis avec une légèreté de feux follets, s'arrêtant pour m'attendre avant de repartir de plus belle. Plus d'une fois, j'ai bien failli m'étaler en essayant de suivre leur course forcenée.

– Nous y voilà ! a hurlé Brunswick tant le fracas de l'eau était assourdissant. La salle du trésor est de l'autre côté !

De l'autre côté ? Le tunnel s'achevait en cul-de-sac. Devant nous, la voûte s'était affaissée, libérant d'énormes blocs de pierre qui obstruaient le passage.

– Le premier arrivé a gagné ! a lancé Brunswick tandis qu'une nouvelle explosion faisait trembler le sol.

– Tu rigoles ? je me suis étranglé. Je suis normal, moi, je ne traverse pas les murailles !

Aussitôt, j'ai regretté ce mot, « normal », mais les sept fantômes s'étaient déjà volatilisés dans l'obscurité.

– Il y a un passage par la rivière, a expliqué Camille. Il suffit de plonger et de se laisser emporter par le courant entre les blocs de pierre.

J'ai regardé Camille, contemplé l'eau noire qui s'engouffrait sous terre en mugissant. Plonger là-dedans ? C'était de la folie pure !

– Pas question ! Pour qui me prends-tu : un rat d'égout ? D'abord, elle doit être glacée, et puis je nage comme un fer à repasser.

Elle ne m'écoutait déjà plus. J'ai essayé de saisir la manche de son ciré, mais elle s'est libérée d'un mouvement vif et, sans faire ni une ni deux, a piqué une tête parfaite dans l'eau écumante.

– Camille ! j'ai hurlé. Camille !

Elle avait disparu. La mort dans l'âme, j'ai emballé le grimoire et mon journal dans la poche intérieure de mon sac, en espérant qu'elle serait suffisamment étanche. Puis, prenant une longue inspiration, je me suis résigné à plonger à mon tour.

Imaginez un estomac géant : l'eau glacée qui se referme sur vous, le flot qui vous happe, l'impression d'être englouti dans un tourbillon…

Incapable de me diriger, le cœur saisi, je me suis laissé entraîner par la force du courant, m'écorchant aux arêtes des pierres, filant toujours plus vite dans une sorte de nuit liquide et bouillonnante.

« Cette fois, je me suis dit, Sébastien Britt, tu es mort… »

Au moment précis où j'ai cru que mes poumons allaient exploser, une lueur a surgi au-dessus de ma tête. Poussant du talon, j'ai crevé la surface, hoquetant et crachant comme un noyé. J'étais passé ! J'ai gagné le bord, péniblement. Mes vêtements trempés pesaient des tonnes, j'ai tâtonné pour trouver une prise. Je venais de surgir dans une salle à demi inondée, au plafond en ogives, où la rivière formait une sorte de piscine naturelle. M'accrochant à un anneau rouillé, je suis enfin parvenu à me tirer au sec.

Camille m'attendait, essorant ses cheveux et me regardant avec un air de triomphe malicieux. Autour d'elle, la petite foule lumineuse de nos amis semblait bien s'amuser elle aussi de ma déconfiture.

– Tu vois, elle a dit, ça n'a pas été si difficile.

– Plus jamais, j'ai hoqueté. Plus jamais…

Mes vêtements étaient à tordre, mes baskets flic-floquaient sur le sol comme si j'avais été chaussé de serpillières. Je me suis affalé près de Camille, épuisé, peinant à reprendre mon souffle.

– Tu ne l'as pas abîmé au moins ? s'est-elle inquiétée.

Mon sac à dos devait contenir des litres d'eau. Par chance, le grimoire, enfermé dans la poche étanche, était intact. Contrairement à mon Jules Verne qui, lui, ressemblait désormais à un sandwich moisi par un trop long séjour au frigo.

– Oh ! non, pas mon roman préféré ! j'ai gémi.

Mais personne n'avait l'air de s'en soucier. Je me suis souvenu alors de ce qu'avait dit Brunswick : les sept fantômes ne savaient pas lire et devaient encore moins connaître le nom de Jules Verne. Le seul bouquin qui les intéressait était le grimoire des chevaliers de Saint-Elme. Le cœur gros, je l'ai tendu à Brunswick.

– Merci, Sébastien, il a dit. Pour ta peine, regarde : voilà notre trésor…

D'abord je ne vis rien. Nous avions dû abandonner la torche de l'autre côté des éboulis, et la seule lumière dans cette obscurité était celle qui émanait de nos compagnons.

Mais bientôt quelque chose se mit à scintiller dans l'ombre. Un faible miroitement, suivi d'un autre, d'un autre encore… C'était comme si des myriades d'étoiles s'étaient mises à clignoter devant mes yeux éblouis.

Le trésor des chevaliers de Saint-Elme ! Des montagnes de pierres précieuses, de rubis, d'émeraudes, de turquoises serties en bagues, en colliers, incrustées dans des poignées de dagues, ornant des casques, des couronnes, des crucifix… Un prodigieux amoncellement de bijoux dont les reflets illuminaient la voûte au-dessus de nos têtes ! Jamais je n'avais vu tant de richesses rassemblées en un même endroit.

Silencieux, mes amis avaient fait cercle autour du trésor, leur silhouette sans corps auréolée par l'émotion. Je comprenais maintenant leur attachement jaloux à ce trésor, leur lutte désespérée pour en rester les maîtres. Une seule poignée de ces merveilles, et leur vie en aurait été changée définitivement, leur épargnant le bagne, la faim et les mauvais traitements.

Si le trésor des chevaliers de Saint-Elme devait revenir à quelqu'un, c'était à eux seuls, à eux qui n'avaient jamais rien eu qu'un mince habit de toile, une paillasse et l'obscurité glaciale d'un dortoir de bagne.

– Nos gardiens étaient des brutes, a murmuré Brunswick. Pas une seconde ils n'ont soupçonné la fortune qui se trouvait sous leurs pieds… Le grimoire, maintenant.

J'en avais presque oublié la raison de notre présence.

– À toi l'honneur, Sébastien, a continué Brunswick. Tu es des nôtres désormais.

Ça a été un instant mémorable. L'émotion me faisait trembler, à moins que ce ne soit le froid, les habits trempés qui me collaient à la peau.

J'ai pris le grimoire et, solennellement, je l'ai déposé au pied du trésor. Personne, désormais, ne pourrait plus retrouver le dédale menant au secret des chevaliers de Saint-Elme. Cartes et plans du souterrain, tout resterait à jamais enfoui avec le trésor.

Mon père avait raison : décidément, je faisais tout à l'envers. Moi qui rêvais d'être archéologue, je venais d'aider sept fantômes à cacher à jamais un trésor historique de première importance. Mais tout valait mieux que le voir tomber entre les mains avides de M. Fogelman et de son associé.

Soudain, une explosion d'une terrible violence a ébranlé la salle, nous couvrant d'une pluie de poussière et de gravats.

– Le souterrain ! a hurlé Camille. Tout va s'effondrer !

La terre craquait autour de nous, fissurant les murs de longues lézardes. La catastrophe redoutée par le professeur Timéus était en train de se produire. Ravinés par les pluies, les souterrains de la forteresse n'avaient pas résisté à la dernière explosion.

– Fuyez ! a ordonné Brunswick. L'escalier dérobé, là-bas, conduit au pied de la montagne. Les chevaliers s'en servaient autrefois pour quitter secrètement la forteresse.

– Non ! a crié Camille. Mon père est en danger, il faut que je remonte !

– Tu ne passeras jamais, j'ai dit. C'est de la folie ! Ils s'échapperont par le téléphérique !

– Impossible, m'a coupé Camille. Larson est descendu ce soir à Gluck par la cabine. Mon père et le professeur Timéus sont prisonniers là-haut.

J'ai eu beau tenter de la retenir, elle m'a échappé une seconde fois, plus glissante qu'une anguille.

– C'est mon père ! elle a lancé avant de plonger. Je dois l'aider !

Et elle a disparu sous les eaux, au milieu d'une grêle de pierrailles. Un instant, j'ai vu la tache de son ciré qui luttait contre le courant, puis tout s'est brouillé.

– File pendant qu'il est encore temps ! m'a répété Brunswick.

– Et vous ? j'ai dit dans un sanglot.

– Ne t'inquiète pas pour nous, Sébastien. Adieu. Nous nous reverrons certainement un jour.

J'étais incapable d'un mouvement. Je regardais l'eau noire où Camille avait disparu, mes compagnons affolés qui s'égaillaient en tous sens comme des vers luisants, paralysé de peur et ne sachant qui suivre.

– Sébastien ! a hurlé Brunswick. Le temps presse !

J'ai attrapé mon sac et, comme un somnambule, je me suis jeté dans l'escalier.

Juste à temps ! À l'instant où je me suis retourné, la voûte a cédé, engloutissant la salle sous un déluge de pierres. C'est à peine si je les ai aperçus une dernière fois, serrés les uns contre les autres, le chat juché sur l'épaule de Brunswick, qui agitaient la main vers moi avant de disparaître.

Je ne sais comment j'ai regagné la vallée.

Autour de moi, la montagne grondait, secouée de spasmes comme un géant. Je descendais toujours, tâtonnant le long des parois, les mains écorchées, poursuivi par l'écho du tremblement de terre. Puis une lueur s'est profilée au loin, une ouverture basse, semblable à celle d'une grotte masquée par un buisson d'épines.

Quand j'ai surgi à l'air libre, j'étais dans la vallée. Au-dessus de ma tête se dressait la masse de la forteresse, juchée sur son piton rocheux. Du moins ce qu'il en restait : la tour nord s'était effondrée, entraînant avec elle le dernier espoir de Camille.

Si, par miracle, elle avait pu rejoindre son père et le professeur, toute issue lui était désormais coupée…

Je suis resté un long moment, tremblant de froid et de chagrin, à contempler les ruines de la forteresse.

Il ne pleuvait plus. Le ciel, maintenant dégagé, rendait plus terrible encore le spectacle de la catastrophe. Le même cataclysme qui avait détruit le bagne de Brunswick venait d'abattre le collège Fogelman…

Au moment où je me résignais à partir, mon cœur a fait un bond. Quelque chose bougeait sur le pan de muraille encore intact !

– Camille ! j'ai hurlé.

Mais les petites silhouettes, là-haut, étaient bien trop loin pour m'entendre. Trois minuscules silhouettes humaines gesticulant au bord du vide. Camille, son père et le professeur. Elle avait réussi à les rejoindre !

La lune a surgi alors de derrière un nuage. Et là,

dans le ciel soudain éclairci, j'ai vu se déployer un premier cerf-volant, puis un deuxième, et un troisième encore ! Trois immenses cerfs-volants qui hésitaient encore, les ailes palpitantes, accrochés à la muraille comme des chauves-souris géantes.

Puis, chacun à son tour, ils se sont élancés dans le vide, tombant comme des pierres.

J'ai fermé les yeux. Quand je les ai rouverts, les cerfs-volants planaient tous les trois au-dessus des forêts, descendant lentement vers la vallée endormie.

J'ai poussé un hurlement de joie. Ils étaient sauvés !

Utilisant les cerfs-volants comme des delta-planes, Camille, M. Fogelman et le professeur Timéus s'enfuyaient par la voie des airs.

Bientôt, ils n'ont plus été qu'un point minuscule sur l'horizon. L'instant d'après, ils avaient disparu.

J'ai pris mon sac à dos et je suis descendu, l'esprit en paix, vers Gluck et la liberté.

12 octobre

J'achève ici ce journal. À quoi me servirait-il désormais ?

J'ai retrouvé mon père, ma mère, une classe de cinquième dans un collège ordinaire.

Des événements de Gluck, les journaux ont peu parlé, invoquant un simple tremblement de terre. Le phénomène, écrivent-ils, s'est déjà produit autrefois. Je me suis bien gardé de dire ce que je savais…

Le collège Fogelman n'existe plus.

On montre les ruines aux visiteurs qui passent dans la région.

Il paraît que, la nuit, des lueurs se promènent sur la muraille d'enceinte. Des feux follets, dit-on… Mais moi je sais que Brunswick, Bordeaux, Kern,

Hochepaille, Hart, Dieudonné, le petit Simon et le chat D'Artagnan continuent de veiller sur le trésor enfoui des chevaliers de Saint-Elme, leur trésor pour toujours…

De Camille, de M. Fogelman et du professeur Timéus, pas de nouvelles.

Les après-midi de grand vent, je guette le ciel au-dessus de la maison.

Je suis sûr qu'un jour j'y verrai flotter un grand cerf-volant rouge cerise. Et Camille sera là.

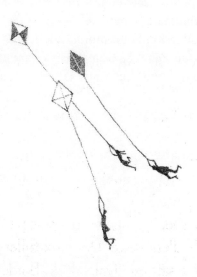

Jean-Philippe Arrou-Vignod

L'auteur

Jean-Philippe Arrou-Vignod est né à Bordeaux en 1958. Il a vécu successivement à Cherbourg, Toulon et Antibes, avant de se fixer en région parisienne. Après des études à l'École normale supérieure et une agrégation de lettres, il a été professeur de français en collège. Boulimique de lecture durant toute son enfance, il s'essaie très tôt à l'écriture et publie son premier roman en 1984 chez Gallimard. Lorsqu'il écrit pour les enfants, il se fie à ses souvenirs, avec le souci constant d'offrir à ses lecteurs des livres qu'il aurait aimé lire à leur âge. En 2006, il crée avec Olivier Tallec les personnages de la série « Rita et Machin », aux éditions Gallimard Jeunesse.

Dans la collection Folio Junior, il a publié, entre autres, *L'Omelette au sucre*, *Le Camembert volant* et *La Soupe de poissons rouges* ainsi que toute la série « Enquête au collège ».

Jean-François Martin

L'illustrateur

Jean-François Martin est né Parisien à 11 h 45, juillet, 1967. L'École nationale supérieure d'arts appliqués et des métiers d'art lui a remis un diplôme pour ses 20 ans et depuis il est illustrateur ; pour l'édition et la presse, française et étrangère. Il a deux filles, une femme, un furet empaillé à qui il manque une patte et une carapace de tortue avec personne dedans. Il a des crayons, des pinceaux, un verre d'eau, il est heureux. Son travail est régulièrement exposé à Paris.

Découvre d'autres livres
de **Jean-Philippe Arrou-Vignod**

dans la collection

Enquête au collège

Les aventures
des six «Jean-quelque chose»

L'OMELETTE AU SUCRE

n° 1007

LE CAMEMBERT VOLANT

n° 1268

LA SOUPE DE POISSONS ROUGES

n° 1438

Mise en pages : Chita Lévy

Loi n° 49-956 du 16 juillet 1949
sur les publications destinées à la jeunesse
ISBN : 978-2-07-061946-7
Numéro d'édition : 238546
Premier dépôt légal dans la même collection : octobre 2000
Dépôt légal : septembre 2011

Imprimé en Espagne chez Novoprint (Barcelone)